W0298049

nickelodeon

BIENVENUE CHEZ LES LOUD

Le camp de l'espace

© 2021 Viacom International Inc. Tous droits réservés.
Nickelodeon, Bienvenue chez les Loud et tous les autres titres, logos et personnages qui y sont associés sont des marques de commerce de Viacom International Inc.

© Hachette Livre, 2021 pour la présente édition.
Adaptation : Olivier Gay.
Création graphique du roman : Le chalet graphique.
Hachette Livre, 58, rue Jean-Bleuzen, 92178 Vanves Cedex.

Table

hachette s'engage pour l'environnement en réduisant l'empreinte carbone de ses livres. Celle de cet exemplaire est de :
200 g éq. CO_2
Rendez-vous sur
www.hachette-durable.fr

PAPIER À BASE DE FIBRES CERTIFIÉES

Photogravure Nord Compo - Villeneuve-d'Ascq

Imprimé par Macrolibros en Espagne
Dépôt légal : mars 2021
Achevé d'imprimer : mai 2021
15.5294.4/02 – ISBN 978-2-01-712816-8
Loi n° 49956 du 16 juillet 1949
sur les publications destinées à la jeunesse

PUBLICITÉ
nickelodeon
BIENVENUE CHEZ LES LOUD
COLLECTIONNE
TOUTES LES BD DE TA
FAMILLE PRÉFÉRÉE !
C'EST LE CHAOS !
Tome 1
ONZE FOIS PLUS DE CHAOS !
Tome 2
À FOND LA CAISSE !
Tome 3
L'intégrale Livre 1
Intégrale : Tomes 1/2/3
L'ARBRE GÉNÉALOGIQUE
DÉFENSE D'ENTRER !
Tome 4
NUIT NOIRE
Tome 5
LOUD ET FIERS DE L'ÊTRE !
Tome 6
EN MODE COMBAT RÉEL
Tome 7
LES LOUD DÉBARQUENT À LA CASA !
Tome 8
LE SQUAT ULTIME
Tome 9
LES MULTIPLES FACETTES DE LINCOLN LOUD
Tome 10
Retrouve ta série sur nickelodeon
hachette
© 2020 Viacom International Inc. Tous droits réservés. © Hachette Livre 2020

Tu as aimé cette histoire ?
Retrouve la famille Loud
dans le prochain tome !

Tome 13

Tome 14

Tome 15

Tome 16

Tome 17

Tome 18

Tome 19

Tome 20

Tome 21

Tome 22

Tome 23

Tome 24

Tous tes héros sont sur
www.bibliotheque-rose.com

nickelodeon

Bienvenue chez les Loud

Le camp de l'espace

hachette
JEUNESSE

LINCOLN

Dans la famille Loud, il y a toujours de l'ambiance. Il faut dire qu'avec onze enfants, on ne s'ennuie jamais. À 11 ans, Lincoln est le **seul garçon**. Et pour survivre à ses dix sœurs, autant avoir un plan et rester zen !

11 ans

LORI

Lori est l'aînée de la fratrie et la **chef** auto-proclamée. Son portable à la main, elle passe son temps à appeler Bobby, son petit ami.

17 ans

LENI

Naïve et tête en l'air,
Leni est toujours
à la pointe de la **mode**.
Elle dessine et coud
des tenues hyper stylées !

16 ans

LUNA

Luna, la **rock star**,
adore parler en chantant
et jouer de la guitare,
son instrument préféré.
Avec elle, difficile d'avoir
un peu de calme.

15 ans

LUAN

Comédienne dans l'âme, Luan est un vrai petit **clown**. Elle raconte sans arrêt des blagues et adore faire rire son frère et ses sœurs.

14 ans

LYNN

Pour Lynn, il n'y a rien de mieux que le **sport**. Plus elle peut se dépenser, plus elle s'amuse !

13 ans

LUCY

À 8 ans, Lucy ne parle que de choses tristes et effrayantes. Avec son look **gothique**, elle fait peur à Lincoln, qui ne la voit souvent qu'au dernier moment.

8 ans

LANA

La jumelle de Lola est son parfait opposé ! Elle aime fouiller les poubelles pour y trouver des choses **sales** et dégoûtantes.

6 ans

LOLA

Lola se prend pour une vraie **princesse** ! Seuls le rose et les paillettes trouvent grâce à ses yeux.
Très maligne, elle obtient souvent ce qu'elle veut.

6 ans

LISA

Du haut de ses 4 ans, Lisa est la plus **intelligente** de la famille.
Cachée derrière ses grosses lunettes, elle a réponse à tout !

4 ans

LILY

Le petit **bébé** des Loud est la chouchoute de toute la famille. Surnommée affectueusement << la machine à popo >>, Lily cherche par tous les moyens à se débarrasser de sa couche sale !

15 mois

CLYDE

Fils unique, Clyde adorerait avoir plein de sœurs. Toujours fourré chez Lincoln, son **meilleur ami**, il est fou amoureux de Lori.

11 ans

Une incroyable publicité

Lincoln Loud a souvent du mal à trouver du temps pour lui dans sa grande maison. Quand on vit avec dix sœurs, rien n'est simple… même regarder la télévision. Pourtant, aujourd'hui, il peut enfin profiter de son après-midi tranquille, pendant que les filles sont à leurs différentes activités sportives et culturelles. Il a préparé du pop-corn avec son meilleur ami Clyde et ils se sont confortablement installés dans le canapé pour suivre *Starship Groupers*, un film d'aventures dans l'espace !

Justement, un terrible extraterrestre vient de s'emparer de la pierre que Capitaine TV voulait récupérer pour sauver l'humanité. Le suspense est à son comble !

– Le Cristal de Paix appartient au peuple de Galganon ! s'écrie l'héroïne. Je te laisse une dernière chance de le restituer.

– Pas question ! grince la créature.

– Bien ! Dans ce cas, nous allons le reprendre nous-mêmes, décide Capitaine TV. Petra, envoie les rayons photoniques !

Comme d'habitude, au moment le plus palpitant du film… c'est l'heure de la publicité. Un écran annonce : « La fin des aventures de *Starship Groupers* après une petite pause. »

– Et voilà ! s'agace Lincoln. Encore une page de pub !

Qu'est-ce qu'on va essayer de leur vendre, cette fois-ci ? Des céréales au nom de la série, des jouets, des bandes dessinées ? Il a déjà tout vu et ça ne l'intéresse pas. Tout ce qu'il veut, c'est connaître la suite de l'histoire. Est-ce que Capitaine TV parviendra à récupérer le Cristal de Paix ?

Mais cette publicité est très différente, et il écarquille les yeux, soudain fasciné :

– Ohé, les enfants ! Vous n'avez jamais rêvé de vivre comme un vrai astronaute ? demande une voix joyeuse.

Sur l'écran, un enfant en scaphandre de cosmonaute se lance dans les airs grâce à son jetpack. Lincoln et Clyde s'approchent de la télévision, comme hypnotisés.

– Alors, nous avons ce qu'il vous faut ! continue l'annonceur. Un séjour d'une semaine au camp de vacances des Cadets de l'Espace, pour apprendre tout ce qu'un astronaute doit savoir !

Les participants ont l'air de s'amuser comme des fous. Ils enchaînent les bonds en apesanteur, conduisent des fourgons lunaires ou récoltent de précieux métaux.

– Demandez à vos parents si vous pouvez faire partie de l'aventure ! conclut la publicité.

Lincoln et Clyde sont en état de choc. C'est le rêve de leur vie !

– Waouh, ça a l'air trop bien, parvient à articuler Lincoln. Clyde, il faut qu'on aille dans ce camp de vacances !

– Tout à fait d'accord ! acquiesce son ami, une fois qu'il a repris ses esprits. Je vais tout de suite chez moi demander à mes pères !

Il se précipite à l'extérieur… puis revient quelques secondes plus tard avec un paquet de mouchoirs à la main :

– Euh… enfin, dès que le film sera fini. Je pleure toujours quand ils rapportent le Cristal de Paix à Galganon.

Quelques heures plus tard, Lincoln décide de mener sa négociation comme il le fait toujours : il réunit ses parents dans le salon et déroule ses arguments à l'aide de nombreux schémas colorés. Il a même enfilé un costume pour avoir l'air plus sérieux.

– Donc, voilà pourquoi j'ai très envie d'aller au camp des Cadets de l'Espace, conclut-il.

Il a dessiné des planètes, une fusée et une soucoupe volante sur la dernière page de sa présentation, et a trouvé un slogan fort : L'ESPACE ! SI IMPORTANT !

Malheureusement, avec une famille de onze enfants, M. et Mme Loud doivent faire très attention à leur budget et ne peuvent pas se permettre de dépenser trop d'argent pour chacun.

– Euh... ça a l'air très bien, mon cœur, souffle sa mère. Mais c'est aussi un peu cher.

– Non, attends, maman, proteste Lincoln, qui a tout prévu. Si tu fais le calcul, c'est un excellent investissement.

Pense à toutes les économies de nourriture que vous ferez !

De son côté, Clyde essaie, lui aussi, de convaincre ses deux papas. Il s'est coordonné avec son ami et utilise exactement les mêmes outils, les mêmes pages, les mêmes dessins et le même slogan !

– Et donc, je pense que ce camp est vraiment une occasion unique pour moi, explique-t-il.

– On est contents que tu aies envie de découvrir de nouvelles choses, poussin, soupire Howard. Et tu es très élégant en costume.

– Mais ça veut dire une semaine loin de la maison. Tu es sûr que ça va aller ? poursuit Harold.

Les parents de Clyde n'ont pas de problème d'argent, eux, mais ils ont tendance à surprotéger leur fils. Il faut dire qu'il a de nombreuses allergies et qu'il doit faire attention à ce qu'il mange, boit ou même respire !

Heureusement, le garçon a un argument massue : il sait que ses parents font une confiance absolue à son psychologue.

– Oui ! insiste Clyde. Je me suis beaucoup entraîné à sortir de ma zone de confort avec le docteur Lopez.

– Bon, très bien, soupire Harold. Si tu es sûr de toi, il n'y aura pas de souci. La réponse est oui.

Incroyable ! C'est une victoire totale pour Clyde !

Et comment se passent les choses dans le salon de Lincoln ?

– Dans ce cas, puisque tu y tiens autant, la réponse est oui, conclut M. Loud.

Les deux enfants sont fous de joie et font tous les deux le salut militaire des Cadets de l'Espace ! Clyde s'empare aussitôt du talkie-walkie qui lui permet de communiquer avec son complice :

– Cadet Lincoln, paré pour l'aventure !

– Pareil, cadet Clyde, nous avons le feu vert !

Ils vont passer la meilleure semaine de leur vie, c'est certain !

Le camp des Cadets

Lincoln et Clyde se retrouvent enfin devant la porte du camp des Cadets de l'Espace. Rien que l'entrée est déjà extraordinaire : on dirait un sas de station spatiale, avec une vraie porte magnétique, de quoi les mettre tout de suite dans l'ambiance.

– Déclenchement ouverture portail d'entrée, prononce une voix robotique.

Le mécanisme s'enclenche et, bientôt, les deux amis peuvent apercevoir l'intérieur du centre. Des enfants en combinaison de cosmonaute jouent et rient aux éclats au milieu de fusées et de répliques de robots. Il y a des activités partout, c'est encore plus incroyable qu'à la télévision !

– Ouaaaouh ! s'écrie Lincoln.

À peine sont-ils entrés qu'une jeune femme s'approche d'eux pour les accueillir :

– Bienvenue à vous, je m'appelle Tarreyn, je suis votre Gentille Animatrice ! Prêts pour votre première activité ? Vous allez partir à la recherche de roche lunaire dans de vraies combinaisons spatiales !

Elle ne leur laisse pas le temps de réagir et repart en enchaînant des saltos. Cette animatrice a l'air vraiment enthousiaste !

– Oh, de la roche lunaire ! s'extasie Lincoln.

– Des combinaisons spatiales, murmure Clyde, fasciné.

En effet, quelques minutes plus tard, les deux garçons enfilent un scaphandre intégral. Ils ont fière allure avec leur casque sur la tête et peuvent s'amuser dans un environnement sans gravité ! Le moindre bond les propulse au plafond !

Malheureusement, Clyde a toujours été très maladroit. Dès son premier saut, il heurte de plein fouet l'une des étoiles en décoration…

– Ouille ! C'est beaucoup plus fatigant que ce qu'ils disaient à la télé ! gémit-il.

Il tente de sortir son inhalateur pour en prendre une bouffée et soigner son asthme, mais il a oublié qu'il portait un casque intégral… et que ses gants ne sont pas pratiques pour manipuler de petits objets. Le tube lui échappe des mains et se met à flotter dans le vide.

– Non ! Mon inhalateur ! crie Clyde en se mettant à nager dans sa direction.

– Je l'ai ! annonce Lincoln, bondissant au secours de son ami.

C'est difficile de se coordonner en apesanteur, et les deux garçons se heurtent de plein fouet. Même avec les casques, ça fait mal ! À moitié assommés, ils tombent et disparaissent dans des cratères. Ce n'est pas ainsi qu'ils imaginaient leur première activité…

Mais ils ne vont pas se laisser abattre par un petit échec. Cette fois-ci, ils n'étaient pas prêts, mais la prochaine fois, ils sauront s'habituer à l'absence de gravité.

Confiants, Lincoln et Clyde se dirigent vers l'activité suivante. Il s'agit d'une reproduction d'une machine de la NASA, qui sert d'habitude à tester les capacités physiques des astronautes. Les deux enfants sont

harnachés sur des plateformes qui tourneront pour évaluer leur résistance au stress et à la pression.

– Génial ! On est des gyroscopes humains ! s'enthousiasme Clyde.

– Euh, pour info, on est de vrais amateurs de sensations fortes, alors n'hésitez pas à le mettre au maximum, fanfaronne Lincoln.

Le technicien hausse les épaules, blasé, et obéit… avant de se plonger dans son téléphone pour la durée de la cession. Derrière lui, les deux enfants sont ballottés dans tous les sens. Ils s'attendaient à ressentir la même poussée que dans les manèges des parcs d'attractions, mais c'est mille fois pire ! Pourquoi Lincoln s'est-il vanté ainsi au lieu de profiter de la vitesse normale, comme tout le monde ?

– C'est un peu plus violent que ce que je pensais, gémit-il, son visage déformé par la pression.

– Affirmatif, grogne Clyde, à moitié évanoui. Vous pouvez baisser un peu la vitesse ?

Obéissant, le technicien appuie sur un bouton mais, trop concentré sur son portable, il se trompe et augmente encore ! Un voyant rouge s'allume tandis que la machine s'emballe. Lincoln et Clyde sont essorés comme s'ils se trouvaient dans une machine à laver. Ils ne vont pas tarder à tomber dans les pommes.

– Zut, c'est l'autre bouton. Désolé, les gars.

L'homme corrige son erreur et la machine s'arrête d'un coup sec. Les sangles se détachent et les deux enfants tombent à terre, vivants mais épuisés. C'est plus compliqué qu'ils ne l'imaginaient, de se préparer pour l'espace !

Ils se relèvent, attendent que tout cesse de tanguer… puis se tiennent soudain le ventre. Ils ont une envie atroce de vomir !

– Où sont les toilettes pour futur astronaute ? grimace Clyde. On voudrait se rafraîchir un peu…

Heureusement, leur déception ne dure pas longtemps. Il faut dire que le centre regorge de surprises ! Même les toilettes sont incroyables.

– Oh, là là, Clyde, il faut que tu voies ça ! s'écrie Lincoln.

Il ouvre la porte pour montrer… un trône en métal recouvert de boutons et de voyants lumineux.

– Un WC spatial ! s'extasie son ami. C'est incroyable !

– Je me demande comment on tire la chasse, souffle Lincoln, fasciné.

Si seulement Lana était là ! Cet endroit combine ses deux passions : le bricolage et les saletés.

– Je crois que c'est cette poignée, déclare Clyde en montant sur la lunette.

Mais lorsqu'il tire dessus, il crée un courant qui l'aspire à l'intérieur de la cuvette !

– Noooon ! hurle-t-il. Au secours ! Le WC spatial m'a attrapé !

– Je te tiens, c'est bon !

Lincoln saisit la tête de son ami alors que celui-ci va disparaître sous l'eau. Il tire de toutes ses forces et parvient enfin à le sortir de là. Les enfants roulent sur le carrelage, à bout de souffle après tous ces efforts. Quel piège diabolique !

– Le WC a avalé ma chaussure, murmure Clyde, dépité.

Cette première matinée est plus mouvementée qu'ils ne l'imaginaient…

De pire en pire

Après toutes ces émotions, il est temps de passer à la cantine. Voilà qui leur redonne le sourire… même si Clyde marche désormais avec une botte de combinaison à son pied droit pour remplacer sa chaussure perdue.

– Alors, impatient de prendre ton premier repas spatial ? glousse Clyde.

Lincoln se prépare à répondre joyeusement lorsqu'on lui sert une énorme assiette remplie d'une sorte de gelée verdâtre. C'est toujours très amusant de voir les extraterrestres manger dans les films à la télévision, mais c'est différent quand on doit goûter le plat soi-même. On dirait des épinards, mais en pire !

– Bah, en fait, un petit peu moins, maintenant, grimace-t-il.

Ils vont s'installer à une table et prennent une grande inspiration avant de goûter :

– Ça ne peut pas être aussi mauvais que ça en a l'air…, soupire Lincoln.

Et si ! Il s'étrangle à moitié et manque tout recracher.

– Eh bien, j'ai tout faux. C'est ignoble, et encore, je suis gentil !

– Franchement, je crois bien que c'est l'un des moments les plus décevants de ma vie, soupire Clyde.

Pourtant, ils semblent être les seuls à enchaîner les mauvaises expériences. À la table d'à côté, deux filles discutent et elles sont surexcitées par toutes les activités.

– Aaaah, qu'est-ce que je m'éclate, ici ! s'écrie l'une d'elles. Tu te rends compte que, dans moins de vingt-quatre heures, on sera dans un simulateur de vol ?

– Un simulateur de vol ? répète Lincoln en s'incrustant dans la conversation. Ça doit être chouette !

– C'est l'activité la plus extrême du camp, déclare l'autre fille.

– Tu m'étonnes, reprend la première. Dans le groupe d'aujourd'hui, trois enfants se sont évanouis. C'est du lourd. J'ai trop hâte d'y être. OUIIIII !

– OUIIII ! glapit son amie, tout aussi impatiente.

Lincoln et Clyde, eux, sont moins enthousiastes. Ils ont déjà mal vécu les activités supposées faciles, alors que leur arrivera-t-il dans un simulateur réputé comme étant extrême ?

Le soir, les deux enfants dorment dans leur sac de couchage, à l'intérieur d'une réplique de navette spatiale.

– Bon, il ne faut pas se mentir, hein, soupire Lincoln. Ce camp de vacances est horrible. On ne peut pas rester.

– On ne sortira jamais vivants du simulateur de vol, confirme Clyde, inquiet.

– Appelons nos parents pour qu'ils viennent nous chercher, décide Lincoln.

Les deux amis acquiescent et ouvrent la fermeture éclair de leur duvet… ce qui les fait aussitôt s'écraser au sol. Ils étaient suspendus, la tête en bas, pour simuler une nuit en apesanteur !

– Je déteste ces sacs de couchage spatiaux, grommelle Lincoln, la tête enfoncée dans le sol.

– Chuuuut ! râle un enfant, qui essaie de dormir un peu plus haut.

Les garçons sortent discrètement de la capsule spatiale et appellent leurs parents respectifs.

– C'est moi, commence Clyde. Je vous appelle parce que le camp est affreux, je voudrais rentrer à la maison.

– Pourtant, ça donnait l'impression de beaucoup te plaire, observe Harold.

– Finalement, ce n'est pas amusant du tout, admet le garçon.

– Oh mince, c'est vraiment dommage. Mais tu devrais rester un peu avant de tout arrêter.

– Pardon ?! s'étrangle Clyde. Bon… bonne nuit, mes papas.

Et du côté de Lincoln, comment ça se passe ?

– Coucou, c'est moi, annonce-t-il. Voilà, il faut que je vous dise quelque chose… je veux rentrer à la maison.

– Je suis très étonnée de t'entendre dire ça, tu avais l'air tellement emballé, s'étonne Mme Loud.

– Ça n'a rien à voir avec ce que je m'étais imaginé, soupire Lincoln.

– Je suis désolé pour toi, admet M. Loud.

– ... mais nous pensons que tu devrais attendre un peu pour voir si ça s'arrange, ajoute Mme Loud.

– Hein ? fait Lincoln.

– Je suis sûr que, si tu persévères, tu finiras par apprécier le séjour, explique M. Loud.

– Bon, d'accord, je vais voir, marmonne Lincoln. Bonne nuit, papa et maman.

Les deux enfants raccrochent et n'osent pas se regarder, déprimés. Ils auraient dû se douter que leurs parents essaieraient de les pousser à rester un peu, mais ils ne se rendent pas compte de tout ce qui se passe, ici…

– Bon, eh bien, c'est raté, je reste, finit par déclarer Clyde.

– Moi aussi, souffle Lincoln. Nos parents ne comprennent pas à quel point ça craint. Et ça ne va pas s'améliorer !

– Je ne veux pas aller dans le simulateur de vol, s'inquiète Clyde. Je n'y survivrai pas !

– Alors, il n'y a qu'une seule solution ! lance Lincoln en se levant, le regard conquérant. Il faut qu'on s'échappe ! On peut aller chez Liam en bus et se cacher dans sa grange le reste de la semaine !

– C'est complètement dingo comme plan, proteste Clyde, avant de sourire : mais je suis complètement partant !

Il n'est pas dépaysé : *tous* les plans de Lincoln sont complètement dingos. Mais c'est aussi ça qui les rend si intéressants…

La grande évasion

Aussitôt dit, aussitôt fait ! Les deux amis traversent discrètement le camp, habillés en tenue militaire pour se fondre dans la nuit. Seule la botte d'astronaute de Clyde est un peu visible…

– Le portail d'entrée est le seul passage, c'est par là qu'on sortira, récapitule Lincoln. Au fait, d'où tu sors ces tenues de camouflage ?

– J'en emporte toujours avec moi, répond Clyde. Et à côté de ça, j'oublie de prendre des chaussures de rechange…

C'est vrai qu'il a des priorités un peu étranges…

Au bout de quelques minutes, Clyde et Lincoln arrivent devant le portail par lequel ils sont entrés au début de la journée. Ils étaient si enthousiastes, à l'époque ! Désormais, ils ne cherchent plus qu'à partir.

Hélas, comme l'ensemble du camp futuriste, la grille est contrôlée par une machine truffée de boutons lumineux. Dans le doute, Lincoln appuie sur le voyant vert, mais rien ne se passe.

– Euh… c’est peut-être un autre bouton, réfléchit-il tout haut.

Il tente de nouveau sa chance mais, cette fois-ci, une alarme se déclenche et des faisceaux lumineux se mettent à clignoter sur la porte.

– Ah non, non, ce n’est pas celui-ci, gémit-il.

– Ni celui-là ! Arrête tout ! Arrête tout ! crie Clyde.

Les lumières stroboscopiques vont le rendre fou ! Lincoln commence à taper sur la console de commande mais, soudain, Tarreyn surgit de l'ombre et appuie sur les bonnes touches. L'alarme s'arrête et le calme retombe sur le camp.

– Cadet Clyde, Cadet Lincoln, qu'est-ce qui se passe ? s'étonne l'organisatrice.

– Euh… on cherche notre chambrée, improvise Lincoln. On s'est perdus en revenant des, euh, des toilettes pour futurs astronautes. Voilà, c'est ça.

Il ment vraiment très mal, d'autant plus qu'il est en tenue de camouflage et couvert de terre ! Heureusement, Tarreyn ne se pose pas plus de questions :

– Eh bien, vous avez fait un sacré détour, dites donc ! Venez, je vous montre le chemin.

En rentrant, le petit groupe passe devant un véhicule futuriste arrêté sur le bord de la route.

– Dis, Tarreyn, qu'est-ce que c'est ? demande Lincoln.

– Ça ? C'est une Luna-mobile ! Vous allez en faire, c'est prévu le troisième jour.

Est-ce que Lincoln est convaincu par cette nouvelle activité ? Pas du tout, il a surtout repéré une opportunité parfaite :

– On pourra s'en servir pour enfoncer le portail, murmure-t-il à son ami.

Après quelques minutes de marche, l'organisatrice les ramène enfin à bon port :

– Voilà votre cabine. Et tenez, une carte pour vous repérer la prochaine fois !

Puis elle repart en enchaînant les saltos. Elle est vraiment étrange !

– Merci, c'est cool, répond Lincoln, avant de baisser la voix et d'ajouter pour lui-même : mais il n'y aura pas de prochaine fois. On quitte le camp !

Décidé, il froisse la carte et la lance vers la poubelle, mais, bien sûr, il rate son tir. Ça aurait été bien trop cool de réussir du premier coup !

– Oh zut, marmonne-t-il.

Cette fois-ci, le plan de Lincoln est au point. Les deux enfants montent sur la Lunamobile pour leur seconde tentative d'évasion.

– On sera chez nous avant qu'ils ne se rendent compte de notre départ, se réjouit Lincoln. Cramponne-toi, Clyde !

Il appuie sur la pédale et le véhicule se met à avancer sur la route… vraiment lentement. C'est un camion fait pour ramasser du minerai sur la lune, pas pour réussir des pointes de vitesse !

– Mets la gomme, Lincoln ! insiste Clyde.

– Je suis pied au plancher, réplique son ami.

– Hé, je peux savoir ce que vous faites ? demande Tarreyn en remontant à leur hauteur.

Elle va plus vite qu'eux, alors qu'elle est à pied, c'est dire à quel point ils sont lents !

– Oui, euh, on était tellement impatients de conduire la Lunamobile qu'on n'a pas pu attendre, explique Clyde.

– Je vous comprends mais, là, on est en pleine nuit, proteste l'animatrice en stoppant le véhicule avec son pied. Allez, retournez dans votre chambrée !

– Est-ce que tu peux nous dire dans quelle direction on doit aller ? bredouille Clyde. On n'a pas pris la carte...

Cette fois-ci, Tarreyn semble perdre patience. Son sourire disparaît...

mais elle les conduit tout de même à bon port.

Pendant que les autres enfants continuent leur nuit, Clyde et Lincoln étudient la carte avec leur lampe de poche.

– D'accord… retour à la case départ, soupire ce dernier avant de hausser un sourcil : oh, regarde, ce bâtiment de recyclage au bout du camp !

– Impressionnant, dis donc, admire Clyde. Ils s'engagent à fond pour l'environnement.

Puis il comprend enfin ce que son ami essaie de lui dire :

– Ah, je vois, d'accord. La porte de service donne sur la forêt…

– En avant ! s'écrie Lincoln.

Cette fois-ci, il n'y a pas de raison que leur plan échoue, n'est-ce pas ?

Le simulateur

Lincoln et Clyde se faufilent de nouveau à travers le camp, mais dans la direction opposée, cette fois-ci. Enfin, ils parviennent devant la porte du bâtiment de recyclage. Lincoln appuie sur un bouton et la porte s'ouvre sans déclencher la moindre alarme. Incroyable ! Est-ce que tout va se passer comme prévu ?

– C'est ici ! souffle Lincoln. On est bientôt libres…

Les deux amis se précipitent à l'intérieur… et les portes se referment. Ils sont désormais dans le noir total. Pendant que Clyde tâtonne autour de lui, Lincoln perd l'équilibre et tombe au sol !

– Ah, je crois que j'ai trouvé l'interrupteur, se réjouit Clyde.

Il appuie et, en effet, la lumière s'allume. Les apprentis astronautes se trouvent dans une grande pièce en forme de navette, avec des sièges et des boutons lumineux. On dira ce qu'on voudra, mais le centre ne fait pas les choses à moitié !

– Waouh, même le bâtiment de recyclage est conçu en mode spatial ! admire Lincoln.

Soudain, les voyants se mettent à clignoter et une voix électronique annonce :

– Bienvenue à bord du simulateur de vol !

– Quoi ?! s'affole Lincoln.

– Il faut vraiment qu'on apprenne à lire correctement une carte, soupire Clyde.

– Sortons vite avant que ça ne démarre !

Ils tambourinent contre les portes pour essayer de les ouvrir, mais maintenant que le programme s'est enclenché, elles refusent de bouger. Les deux amis sont prisonniers dans l'endroit qu'ils cherchaient absolument à éviter depuis le début. C'est un cauchemar !

– Nooon ! hurlent-ils.

– Fermeture des portes, annonce la voix. Décollage imminent. Veuillez vous asseoir.

Clyde et Lincoln n'ont pas le choix. Ils ne peuvent plus s'enfuir, il faut donc rapidement qu'ils s'installent pour ne pas se retrouver dans une

situation encore pire. Ils se précipitent vers les sièges et bouclent leur ceinture de sécurité.

De l'autre côté de l'écran, le technicien ne regarde même pas qui vient de prendre place dans le simulateur. Toujours aussi concentré sur son téléphone, il appuie sur un bouton au hasard et la machine prend le relais :

– Compte à rebours déclenché. Trois… deux… un… décollage !

La poussée augmente brutalement et colle les pilotes à leur siège tandis que l'espace défile sur l'écran. Ils sont ballottés dans tous les sens !

– Aaaaaaaah ! crie Lincoln.

– Ooooooh ! hurle Clyde.

– Vous avez pour mission de traverser ce champ d'astéroïdes sans commettre d'erreur, sinon votre vaisseau sera détruit, explique l'ordinateur.

De nombreux météores apparaissent à l'écran et menacent de s'écraser sur le vaisseau. Les deux garçons poussent des gémissements d'horreur, trop effrayés pour se saisir des commandes. Mais, finalement, leur instinct de survie prend le dessus et Lincoln s'empare de ses manettes.

– Droite ! lance-t-il en esquivant le premier projectile. Gauche !

À côté de lui, Clyde se calme aussi et obéit à tous les ordres de son ami.

– Droite, reprend Lincoln. Oh non, je veux dire à gauche, toute ! À gauche, toute !

Trop tard ! Le vaisseau heurte un astéroïde de plein fouet. Le mot « IMPACT » s'affiche sur l'écran.

– Impact, confirme l'ordinateur. Dégâts très importants. Risque de coupure du système de survie s'il n'est pas réparé.

Clyde se met à hyperventiler. Il aurait bien besoin de ses médicaments, maintenant !

– On ne sait même pas comment le réparer, proteste-t-il entre deux halètements.

– Mettez vos combinaisons spatiales et sortez du vaisseau, explique l'ordinateur. Localisez le panneau qui clignote et désactivez-le avant la fin du compte à rebours.

Voilà une vraie mission pour des cadets de l'espace !

– Ça va aller, Clyde, on peut y arriver, insiste Lincoln.

– Il reste soixante secondes, annonce la voix. Cinquante-neuf. Cinquante-huit. Cinquante-sept. Cinquante-six…

Sans hésiter, les deux amis débouclent leur ceinture, sortent de leur siège et vont enfiler leur scaphandre. Ils ouvrent la trappe et jettent un coup d'œil dehors :

– Je vois le panneau qui clignote, remarque Lincoln.

Il se lance à l'extérieur, aussitôt suivi par Clyde. Pour la première fois, il a le sourire aux lèvres. Il a l'impression de vivre une véritable aventure, comme Capitaine TV ! Et pendant ce temps, le compte à rebours continue.

– Vingt… Dix-neuf… dix-huit…

Tandis que Lincoln nage vers le panneau, son ami a du mal à contrôler

ses mouvements et tournoie sur lui-même sans parvenir à avancer. Heureusement, les deux complices ont révisé des manœuvres en prévision de ce genre d'événements. À chaque fois qu'ils jouaient à être dans l'espace, il y avait forcément une panne à réparer !

– Cadet Clyde, paré pour un code « saute-mouton » ? demande Lincoln.

– Affirmatif, répond ce dernier en se stabilisant enfin.

Lincoln prend appui sur le dos de Clyde et se jette en avant pour gagner quelques mètres d'un coup. En filant vers son objectif, il tire sur le câble de son acolyte, qui le rejoint bien vite. Les deux cadets volent dans la position de Superman, ils sont à deux doigts de leur objectif… mais le compte à rebours est presque terminé.

– Trois… deux… un…

Au dernier moment, Lincoln et Clyde arrivent à hauteur de la trappe. Ils s'emparent chacun d'une manette et l'abaissent d'un coup. Juste à temps !

On peut toujours changer d'avis

– On a réussi ! On a réussi ! hurlent les astronautes en herbe, en se prenant dans les bras, fous de joie.

– Mission accomplie. Désactivation de la gravité zéro, informe l'ordinateur.

Oh, oh.

Clyde et Lincoln sont toujours en train de flotter lorsque tout s'arrête, et ils chutent brutalement vers le sol.

Heureusement, ils sont encore retenus par leur cordon d'oxygène et se retrouvent suspendus dans le vide par la porte de la navette.

– Euh, est-ce que quelqu'un peut nous aider à descendre, s'il vous plaît ? gémit Lincoln.

De l'autre côté de l'écran, le technicien décroche enfin de son téléphone

et aperçoit les deux enfants prisonniers. Il lève les yeux au ciel : il n'est pas assez payé pour toutes ces interruptions !

– Hein ? Ah, c'est vous, marmonne-t-il. C'est bon, j'arrive...

Bientôt, Clyde et Lincoln sont libres. Mieux, cette expérience les a regonflés à bloc. Non seulement ils ont affronté leur plus grande peur en entrant dans le simulateur, mais, en plus, ils se sont super bien débrouillés ! Ils sont de véritables héros de l'espace ! Plus rien ne les effraie, désormais. Si ça se trouve, ce camp va bel et bien être la meilleure expérience de leur vie ! Ils pourront même faire un effort pour s'habituer à la nourriture expérimentale.

Encore en scaphandre, les garçons retournent vers le dortoir en échangeant des souvenirs sur leur incroyable sauvetage.

– Quand tu as fait le saut sur le côté du vaisseau, c'était trop génial ! s'écrie Clyde.

– Je suis pressé d'être à demain pour faire du jetpack, ajoute Lincoln.

En chemin, ils rencontrent – bien sûr – Tarreyn, qui, décidément, ne dort jamais.

– Ah, tiens, Cadets Lincoln et Clyde. Vos parents ont appelé à l'instant pour dire qu'ils venaient vous chercher.

Ils seront bientôt là. Je… je suis désolée que notre camp ne vous ait pas plu !

Elle prend son activité tellement au sérieux qu'elle fond en larmes, convaincue qu'elle a dû commettre une erreur quelque part. Désespérée, elle s'enfuit pendant que les deux amis retirent leur casque et échangent un regard gêné.

– C'est trop bête, je commençais à me plaire ici, justement, soupire Lincoln.

– Moi aussi, admet Clyde. Mais je crois qu'on n'a pas le choix.

Ils sortent du camp par la grande porte, sans même avoir besoin de s'évader… mais ils n'ont plus le cœur à ça. Ils s'installent sur le banc pour attendre leurs parents, déprimés. Si seulement ils avaient patienté un jour de plus, un seul jour, avant d'appeler chez eux, tout aurait été différent !

La première voiture à arriver est celle des parents de Clyde.

– Oh, poussin, est-ce que ça va ? s'affole Howard

en le prenant dans ses bras. On est vraiment navrés de t'avoir laissé ici.

Harold ne dit rien de plus mais serre son fils contre lui, ému.

– Bonjour, les garçons, salue Mme Loud en arrivant à son tour avec son mari.

– Bonjour, m'man, bonjour, p'pa, marmonne Lincoln, déprimé.

– On a parlé entre parents, et on s'est rendu compte qu'on n'aurait pas dû vous laisser rester, explique sa mère.

Lincoln soupire. C'est toujours difficile d'admettre qu'on a fait une erreur, mais il se sent obligé de parler :

– À vrai dire… si, vous aviez raison. À force de rester là, on a fini par bien aimer le camp. On a baissé les bras trop vite.

– Oui et maintenant, la vérité, c'est qu'on est tristes de s'en aller, confirme Clyde.

– Seulement, c'est nous qui vous l'avons demandé, conclut Lincoln, et vous avez fait un long trajet pour venir nous récupérer, alors…

– Ne t'en fais pas pour nous, trésor, le rassure Mme Loud. Si vous vous plaisez ici, restez !

– C'est vrai ? s'étonne le garçon. Vous êtes sûrs ?

– Oui, on est fiers de vous, intervient Howard. Et je crois que vous avez tous les deux appris une chose : parfois, il faut attendre pour avoir le déclic.

– Sans compter qu'en chemin, on a fait une petite cure de crêpes, et j'avoue que ça ne me déplairait pas du tout de remettre ça ! avoue M. Loud.

Ah, voilà donc pourquoi aucun parent n'est fâché : ils ont mangé un excellent repas sur la route !

– J'en ai déjà l'eau à la bouche, se réjouit Harold.

Après un dernier câlin, les parents remontent dans leur voiture respective.

– Bonne fin de séjour, astronautes en herbe ! lance Howard. À samedi !

– Au revoir ! crient les deux enfants en réponse.

Youpi ! Lincoln et Clyde se tapent dans la main. Finalement, ils vont pouvoir profiter des activités du camp jusqu'au bout ! Mais alors que le véhicule de ses parents prend de la vitesse, Clyde se souvient soudain d'un détail important. Il se met à courir derrière eux, sa botte de cosmonaute au pied :

– Hé, attendez ! Vous avez une paire de chaussures de rechange ?

Avec ou sans chaussures, Clyde et Lincoln vont passer un moment extraordinaire au camp des Cadets de l'Espace. D'accord, certaines activités sont un peu effrayantes, mais ils vont pouvoir vivre des aventures incroyables et se prendre pour les héros de leurs films préférés. Se comporter comme Capitaine TV, ce n'est peut-être pas aussi bien qu'Ace Savvy, mais ça reste quand même pas mal du tout !

Et Tarreyn sera sans doute ravie de les revoir… ou effrayée de devoir à nouveau les garder à l'œil !

FIN

nickelodeon
BIENVENUE CHEZ LES LOUD
RETROUVE LA NOMBREUSE ET DÉJANTÉE FAMILLE LOUD EN DVD !
4 DVD POUR 10H DE RIRES EN FAMILLE
INTEGRALE DE LA SAISON 1
INTEGRALE DE LA SAISON 2
4 DVD POUR 10H DE BONNE HUMEUR EN FAMILLE
SAISON 1
SAISON 2
SAISON 3
© 2021 Viacom International Inc. Tous droits réservés.
Retrouve tous nos titres sur www.citel-video.com
Retrouve ta série sur nickelodeon
@citel.video
citel.video
@citel_video
Citel VIDEO

As-tu lu les autres aventures de Lincoln ?

Tome 1

Tome 2

Tome 3

Tome 4

Tome 5

Tome 6

Tome 7

Tome 8

Tome 9

Tome 10

Tome 11

Tome 12